虎姑婆

文──王家珍　圖──王家珠

字畝

珍珠童話

虎姑婆

文｜王家珍
圖｜王家珠

字畝文化創意有限公司
社長兼總編輯｜馮季眉
主　　編｜許雅筑、鄭倖伃
編　　輯｜戴鈺娟、陳心方、李培如
封面設計｜王家珠
封面協力設計｜張簡至真
內頁美術｜蔚藍鯨

出　　版｜字畝文化／遠足文化事業股份有限公司
發　　行｜遠足文化事業股份有限公司（讀書共和國出版集團）
地　　址｜231 新北市新店區民權路 108-2 號 9 樓
電　　話｜(02)2218-1417
傳　　真｜(02)8667-1065
客服信箱｜service@bookrep.com.tw
網路書店｜www.bookrep.com.tw
團體訂購請洽業務部 (02) 2218-1417 分機 1124

法律顧問｜華洋法律事務所　蘇文生律師
印　　製｜中原造像股份有限公司

2020 年 6 月　初版一刷
2023 年 10 月　初版四刷
定　　價｜399 元
書　　號｜XBLE 0001
ISBN 978-986-5505-17-2

目錄

虎姑婆

高高的山上有一隻老老的老虎精，
老虎精的牙齒堅硬銳利，個性狡猾奸詐，
性情非常凶惡，常常下山吃人。
老虎精特別喜歡吃細皮嫩肉的胖小孩，
她吃了小孩，還要收集紀念品，
小孩身上佩戴的金鎖片、
金手環和長命鎖，都被拿來裝飾斗篷。
每當老虎精走路、奔跑或是跳躍，
斗篷上的金鎖片、金手環和長命鎖，
還有金戒指、金項鍊，
就會叮叮噹噹、互相碰撞，
老虎精好喜歡聽這樣的聲音，
聲音愈響亮，表示她吃掉的小孩愈多。
老虎精覺得自己好神氣，好威風，
是全天下吃最多小孩的老虎精。

有一天，老虎精又下山遊蕩，
想捉個白白胖胖的小孩來吃。
老虎精路過一棟堅固的石頭房子，
聽到一個婦人對小女孩說：
「乖寶妹，爸爸工作時摔傷了腿，媽媽去探望他，
你待在家，鎖好門，住在村子口的姑婆會來照顧你，
媽媽準備了香噴噴的肉包給你們吃，
你乖乖看家，姑婆會送你一雙小紅鞋。」

躲在樹叢裡的老虎精，看見白白嫩嫩的寶妹，
胸前戴著一片大金鎖，忍不住口水直流。
老虎精等婦人走遠了，立刻衝上前去，
可是寶妹已經把大門上鎖了，
老虎精一頭撞上門，撞了個頭昏眼花。
老虎精摸摸頭，生氣的說：
「哼！看來這個寶妹很機伶，
得想個好辦法，騙她自動開大門。」

寶妹的老姑婆，拎著小包袱，
搖啊晃的往寶妹家走過來。
躲在大樹後面的老虎精，等老姑婆一靠近，
突然跳出來，張牙舞爪，大吼大叫。
膽小的老姑婆嚇得眼前一黑，昏倒在地。
老虎精拿出麻繩，左捆三圈、右繞三圈，
把可憐的老姑婆，牢牢綁在大樹上，
還不忘搶走裝著小紅鞋的小包袱。

老虎精變成姑婆的模樣，來到寶妹家窗戶邊。
虎姑婆叫著：「寶妹，寶妹，快開門。」
寶妹躲在桌子底下問：「你是誰？」
虎姑婆說：「我是你姑婆！」
寶妹露出半張臉說：「媽媽說姑婆會帶禮物來。
如果你是我的姑婆，就把禮物拿給我看。」
虎姑婆打開包袱說：「我給你帶來一雙小紅鞋，
想穿小紅鞋就趕快開門！」
寶妹從桌子底下伸出頭，看見漂亮的小紅鞋，
就放心打開大門，讓虎姑婆進來。

寶妹帶著虎姑婆到廚房吃肉包。

虎姑婆不想吃包子，只想吃寶妹，

她怕寶妹起疑心，只好端起盤子，

沒想到一隻老鼠正在偷吃肉包。

虎姑婆天不怕地不怕，就怕老鼠，

嚇得丟下盤子、退到牆角、不停發抖。

寶妹笑著說：「姑婆那麼老了還怕老鼠啊？」

虎姑婆被寶妹取笑，又丟臉又生氣，

拿起扁擔追著老鼠打，

這隻老鼠好機伶，上跳下竄、左閃右躲，

一頭鑽進寶妹的小紅鞋。

虎姑婆大叫一聲：「壞老鼠，打扁你！」

她舉起扁擔，對準小紅鞋，就要打下去。

寶妹攔住她：「不要打壞我的小紅鞋！」

老鼠趁著這個空檔，偷偷溜走了。

虎姑婆氣得大吼大叫，又跳又跺腳。

就在這時候，寶妹看見虎姑婆露出一截老虎尾巴。

虎姑婆喜歡躺在床上，抱著胖小孩慢慢吃。

她跳上床，叫寶妹趕快來睡覺。

寶妹知道她是老虎精，不敢和她一起睡，

溜到客廳說要試穿小紅鞋。

寶妹穿上小紅鞋，偷偷摸摸想要溜，

沒想到虎姑婆用大石頭擋住門，

石頭又大又重，根本推不動。

虎姑婆又叫她：「明天再試穿，趕快來睡覺！」

寶妹尖叫：「我尿急，要出去尿尿。」

虎姑婆沒辦法，只好過來搬開大石頭，

還用麻繩繫住寶妹的腰，不讓寶妹逃走。

寶妹跑到院子，想解開麻繩，

但是麻繩又粗又韌，她的手太小太嫩，

寶妹解不開麻繩，急得哭了起來。

一隻老鼠精，掀開竹簍跑出來，咬斷麻繩。

寶妹仔細一看，老鼠精就是偷吃包子的老鼠。

老鼠精為了答謝寶妹救命之恩，送給她三個香包。

虎姑婆拉回麻繩，發現寶妹偷溜，

大吼大叫追出來，寶妹嚇得趕快逃。

寶妹往茂密的竹林逃跑，

寶妹的腳步小，虎姑婆的腳步大，

眼看虎姑婆就要捉住寶妹。

寶妹好害怕，被竹子絆了一下，

老鼠精給的紅色香包掉在地上，一顆小紅豆滾出來。

小紅豆在地上彈了三下，變成好幾百顆紅豆。

小紅豆滿地滾，虎姑婆踩到小紅豆，

腳步一滑，跌了個四腳朝天，撞斷一顆尖尖的虎牙，

痛得眼淚和鼻涕都噴了出來。

虎姑婆躺在地上，哭天喊地的叫痛。

寶妹趁這個大好機會，趕緊往前逃。

寶妹逃跑時的腳步聲，
聲聲敲在虎姑婆的心坎裡。
虎姑婆忍住牙痛，爬起來繼續追。
寶妹的腳步小，虎姑婆的腳步大，
眼看虎姑婆就要捉住寶妹。
寶妹好害怕，但是不慌張，
她知道老鼠精的香包有魔法，
就把紫色香包打開，往後一丟——

紫色香包一落地，一根繡花針飛出來。
繡花針在空中轉了三圈，變成數百根繡花針。
繡花針掉在地上、鑽進土裡，
長出一棵棵像孔雀羽毛的植物。
這些植物的葉子看似柔軟，其實非常尖銳，
虎姑婆追上來時，被刺得渾身是傷，
腳掌也扎了好幾根尖刺。
虎姑婆痛得摔倒在地，眼淚和鼻涕又噴了出來。
寶妹趁這個大好機會，繼續往前逃。

寶妹逃跑時的腳步聲，聲聲敲打虎姑婆的自尊心。
虎姑婆拔掉腳上的刺，一跛一跛往前追，
眼看虎姑婆就要捉住寶妹。
寶妹打開金色香包往後丟，
金色香包一落地，一根金色細毛飛出來，
金色細毛被風一吹，變成好幾百隻金毛鼠。
金毛鼠衝向虎姑婆，爬滿她全身，
虎姑婆天不怕地不怕，就怕老鼠。
金毛鼠對虎姑婆又咬又啃，虎姑婆驚嚇過度，
五百年都不敢下山吃小孩。

寶妹跑出竹林，遇見趕著回家的媽媽，
寶妹和媽媽緊緊擁抱在一起。
她們救了被綁在樹幹上的老姑婆，
爸爸也很快痊癒，
一家人快快樂樂的團圓了。

張百萬

海邊的小漁村，有一個年輕的漁夫，
名叫張三，和媽媽相依為命。
一天，張三出海捕魚，
遇上暴風雨，小船在狂風巨浪中搖擺，
最後被沖上小小的無人島，
張三在小島上躲過暴風雨的侵襲。
天亮後，陽光普照大地，
他看見海灘上有一艘破爛的大船，
大概是被昨夜的風浪捲上岸的沉船。
張三爬上沉船，鑽進船艙，
發現沉船裡有幾十箱金元寶。
張三想，大難不死，必有後福，
這是老天爺送我的禮物，
我一定要善加利用。
於是，他分成幾趟，
把金元寶全部載回家。

張三變成有錢人，
做新衣、買牛車、蓋大厝，
還娶了聰明賢慧的千金大小姐。
張三很有生意頭腦，把當地的特產運往外地，
再運回值錢的米糧、建材、布匹和藥材。
他在各個港口設置商行，
當起大老闆，用錢滾錢，賺回更多錢。

小漁村有個地主，叫做呂石佬，

擁有很多土地，是當地的大財主。

張三的名氣愈來愈大，

村裡的人議論紛紛，

比較他倆誰才是最有錢的人。

閒言閒語傳到呂石佬的耳裡，他很生氣，

那個張三，原本是個窮酸的小漁夫，

憑什麼跟他比！

張三家運貨的牛車隊，
從清晨到深夜，載著沉重的貨物，
來回經過呂石佬大宅旁邊的石子路。
骨碌骨碌滾動的車輪，
吵得呂石佬睡不著，
白天的閒言閒語已經讓他心煩，
夜裡還要忍受牛車隊的噪音，
呂石佬氣得發狂。

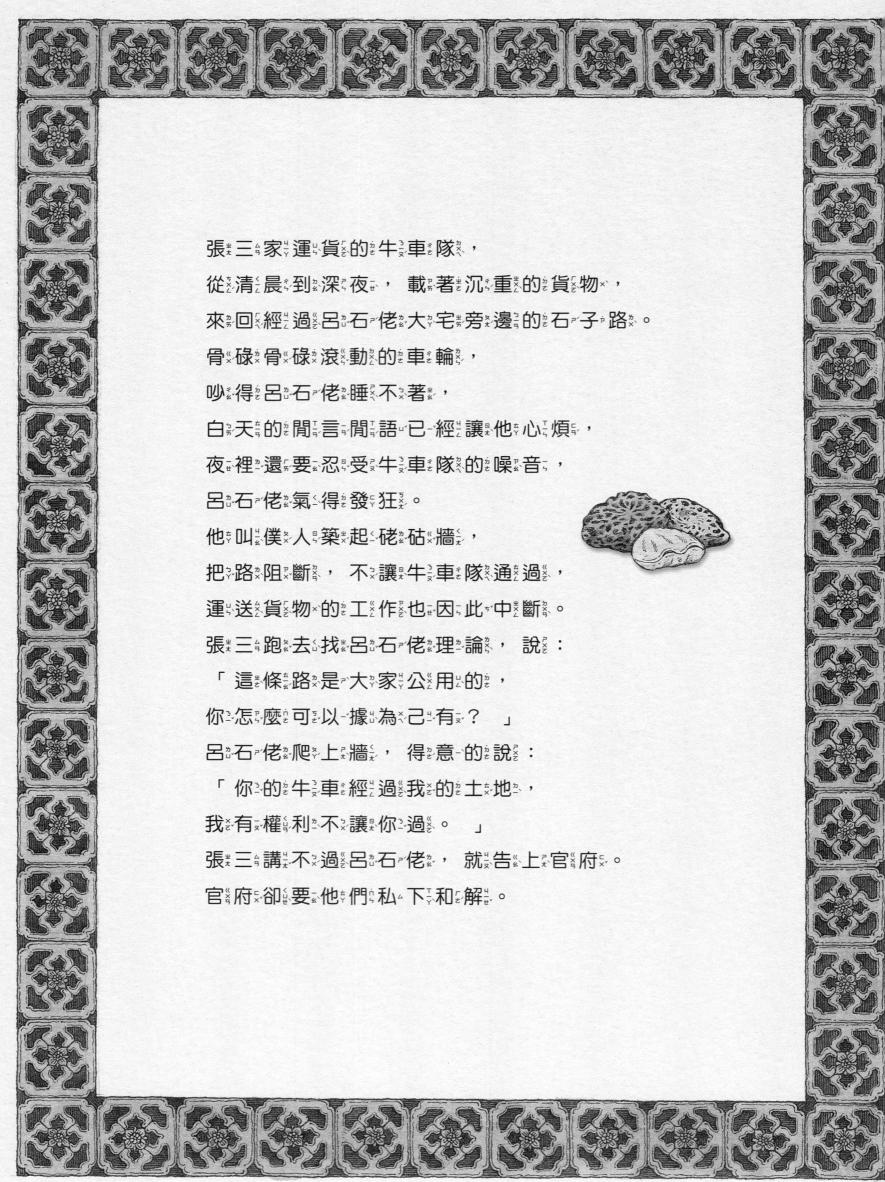

他叫僕人築起硓𥑮牆，
把路阻斷，不讓牛車隊通過，
運送貨物的工作也因此中斷。
張三跑去找呂石佬理論，說：
「這條路是大家公用的，
你怎麼可以據為己有？」
呂石佬爬上牆，得意的說：
「你的牛車經過我的土地，
我有權利不讓你過。」
張三講不過呂石佬，就告上官府。
官府卻要他們私下和解。

官府不敢偏袒呂石佬，

證實張三果真有錢又有勢。

呂石佬被妒忌和虛榮心沖昏了頭，

決心和張三比一比。

呂石佬說：「三天後，在吼門海邊，

我們來一場丟金元寶比賽，

誰的金元寶先丟完，誰就認輸。」

張三想，吼門附近海水深，漩渦多，

金元寶丟進去，別想再拿回來。

錢可以拿來幫助窮人，不能浪費。

呂石佬逼迫他說：「不敢比就認輸，

你的牛車隊從此別想從我這兒經過！」

張三被逼急了，想出一個妙主意，

既可應付呂石佬，又可避免破產。

他爽快答應：「沒問題，

我們就來比賽丟金元寶！」

張三回家後，三天三夜沒睡覺，

把自己關在房裡，用金箔包石塊，

包了一箱又一箱的假金元寶。

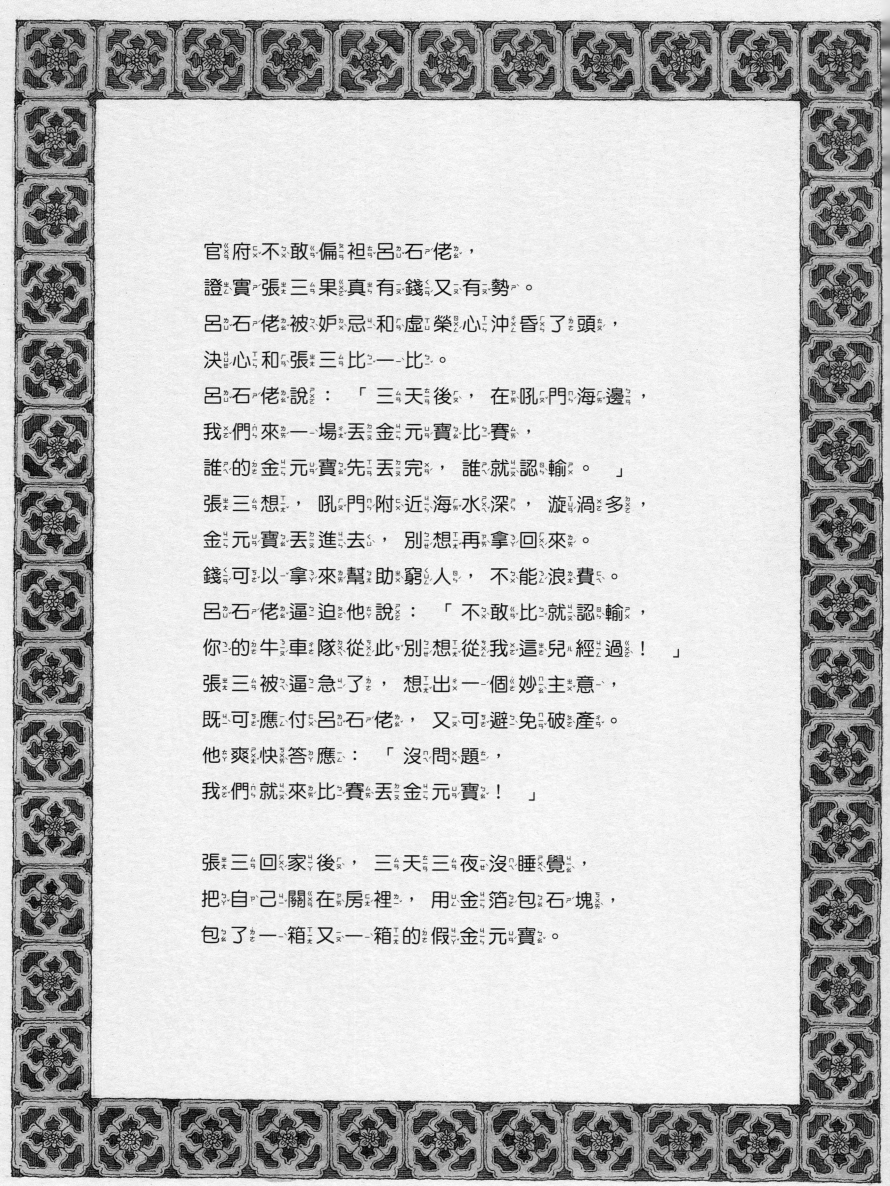

三天後，

呂石佬和張三來到吼門，

輪流把金元寶往海裡丟，

呂石佬丟一塊亮晃晃的金元寶，

張三也丟一塊亮晃晃的假元寶。

圍觀看熱鬧的村民們，

看著一塊塊金光閃閃的元寶，

隨著洶湧的漩渦，沉到海底，

都發出惋惜的哀嘆聲。

比賽一直持續到傍晚，

呂石佬丟出最後一塊金元寶，

但是張三還有好幾十箱，

呂石佬不得不認輸，並且讓出石子路。

張三成了小漁村最有錢的大財主，

也是村民津津樂道的傳奇人物，

大家都叫他張百萬。

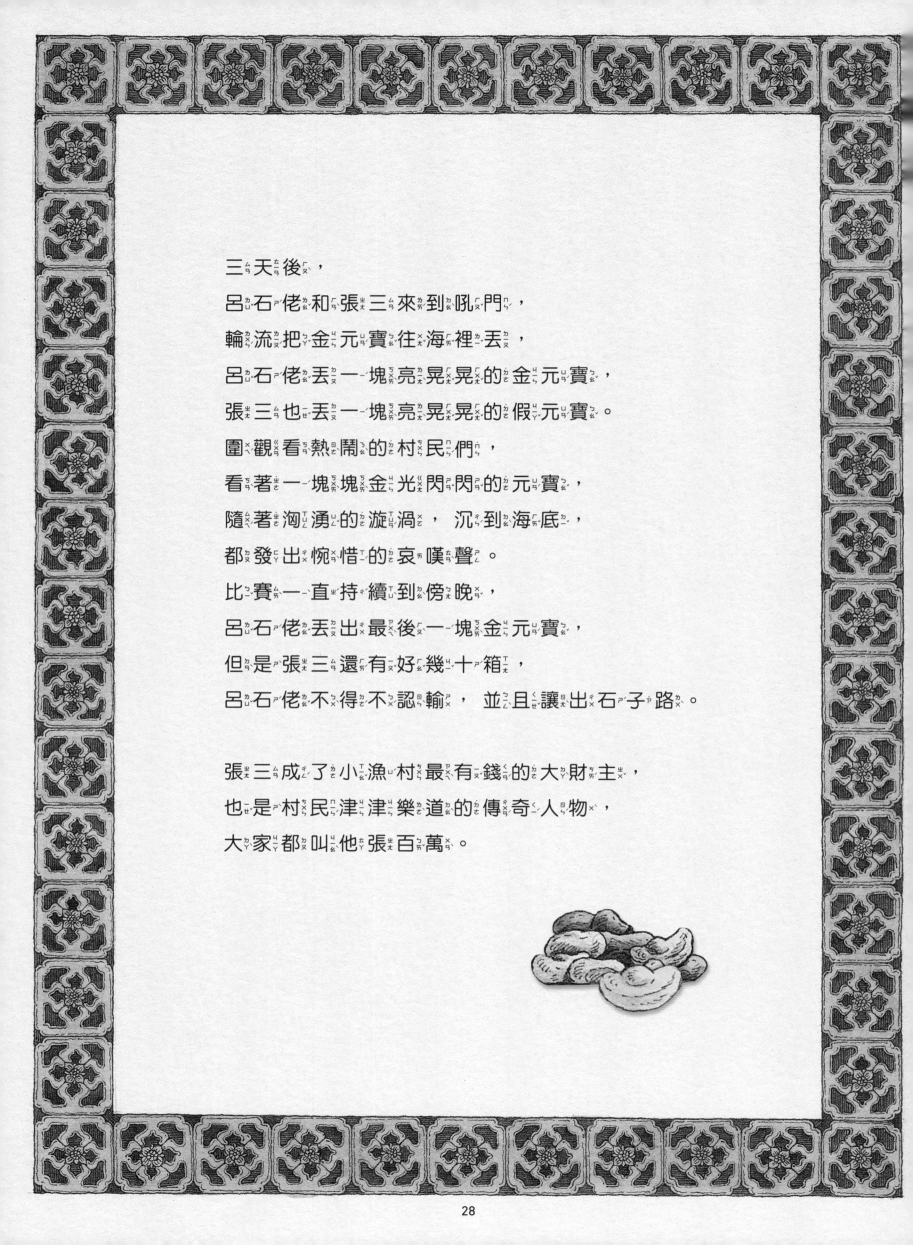

李田螺

劉員外是個大大的有錢人，

他有三個女兒， 大美、 二美和幼美。

大美和二美的個性跟員外一樣，

愛錢又虛榮， 她們都嫁給有錢人，

劉員外最寵愛幼美，

幫她物色了三個金龜婿。

劉員外說： 「 王家莊的王進寶有錢。 」

幼美說： 「 王進寶是個暴發戶， 不嫁。 」

劉員外說： 「 吳家村的吳有虞有勢。 」

幼美說： 「 吳有虞愛賭博， 不嫁。 」

劉員外說： 「 曾家厝的曾好賺土地多。 」

幼美說： 「 曾好賺常欺負佃農， 不嫁。 」

劉員外問： 「 有錢的少爺你不嫁，

想嫁給怎樣的人？ 」

幼美說： 「 爸爸眼中只有錢，

有錢沒錢不重要，

我只想嫁給腳踏實地的老實人。 」

劉員外被幼美氣得吹鬍子瞪眼。
這時，有人在外面叫賣田螺，
劉員外把賣田螺的人叫進來，
問他叫什麼名字？娶太太了沒有？
賣田螺的說：「我叫做李田螺。
是個窮光蛋，還沒娶太太。」
劉員外指著幼美說：
「我這個笨女兒，偏偏喜歡窮光蛋，
你現在就把她娶回家。」
李田螺不敢相信自己的好運氣，
他留下一籮筐田螺當做聘禮，
開開心心把幼美娶回家。

李田螺勤奮努力、腳踏實地，
幼美心甘情願跟著他過苦日子。
夫妻倆雖然窮苦，卻心滿意足。

有一天，李田螺出外撿田螺，
看見一隻兔子鑽進隱密的山洞，
他很好奇，跟著鑽進去看個究竟。
洞裡有一大堆閃著綠光的黑石頭，
他隨手拿起幾塊，準備帶回家。
一個老公公現身阻止他。
老公公說：「你只能拿一塊，
其他都是李門環的。」
李田螺點點頭，拿著那塊黑石頭回家。

幼美看了石頭說：「這是烏金，
可以用來點火照明，是很值錢的寶物！
你在哪裡拿的？」
李田螺把事情經過說給幼美聽，
他感嘆說：「這個叫李門環的人好幸運，
有這麼多烏金，一輩子都不用買蠟燭。」
幼美靠著李田螺的肩膀說：
「有錢買不到幸福，知足常樂最重要。」

一年後，幼美生了個胖兒子，
夫妻倆帶他回娘家，請外公取名字。
劉員外看到幼美就生氣，
看到李田螺就嫌棄，
但是小外孫把小臉貼上他的老臉，
立刻就融化了劉員外的心。

劉員外抱著小外孫，
拿著金銀珠寶逗他笑，
小外孫什麼東西都不愛，
只對大門上的門環有興趣。
他拉著門環，笑個不停。
劉員外說：「你不愛金銀愛門環，
我就叫你李門環！」

幼美和李田螺在一旁聽了，
想起山洞中老公公說過的話。
原來，那個幸運的李門環，
就是自己的寶貝兒子！

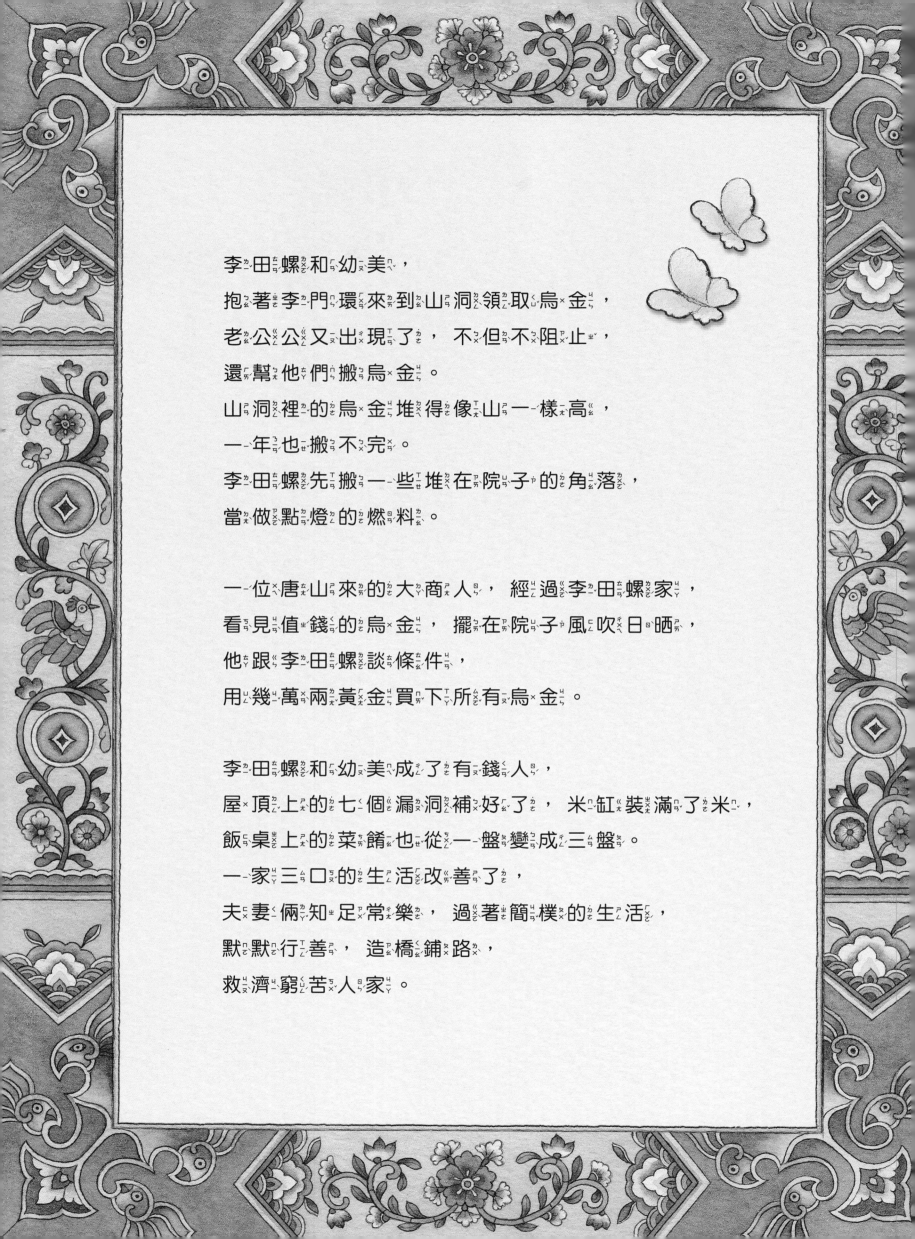

李田螺和幼美，
抱著李門環來到山洞領取烏金，
老公公又出現了， 不但不阻止，
還幫他們搬烏金。
山洞裡的烏金堆得像山一樣高，
一年也搬不完。
李田螺先搬一些堆在院子的角落，
當做點燈的燃料。

一位唐山來的大商人， 經過李田螺家，
看見值錢的烏金， 擺在院子風吹日晒，
他跟李田螺談條件，
用幾萬兩黃金買下所有烏金。

李田螺和幼美成了有錢人，
屋頂上的七個漏洞補好了， 米缸裝滿了米，
飯桌上的菜餚也從一盤變成三盤。
一家三口的生活改善了，
夫妻倆知足常樂， 過著簡樸的生活，
默默行善， 造橋鋪路，
救濟窮苦人家。

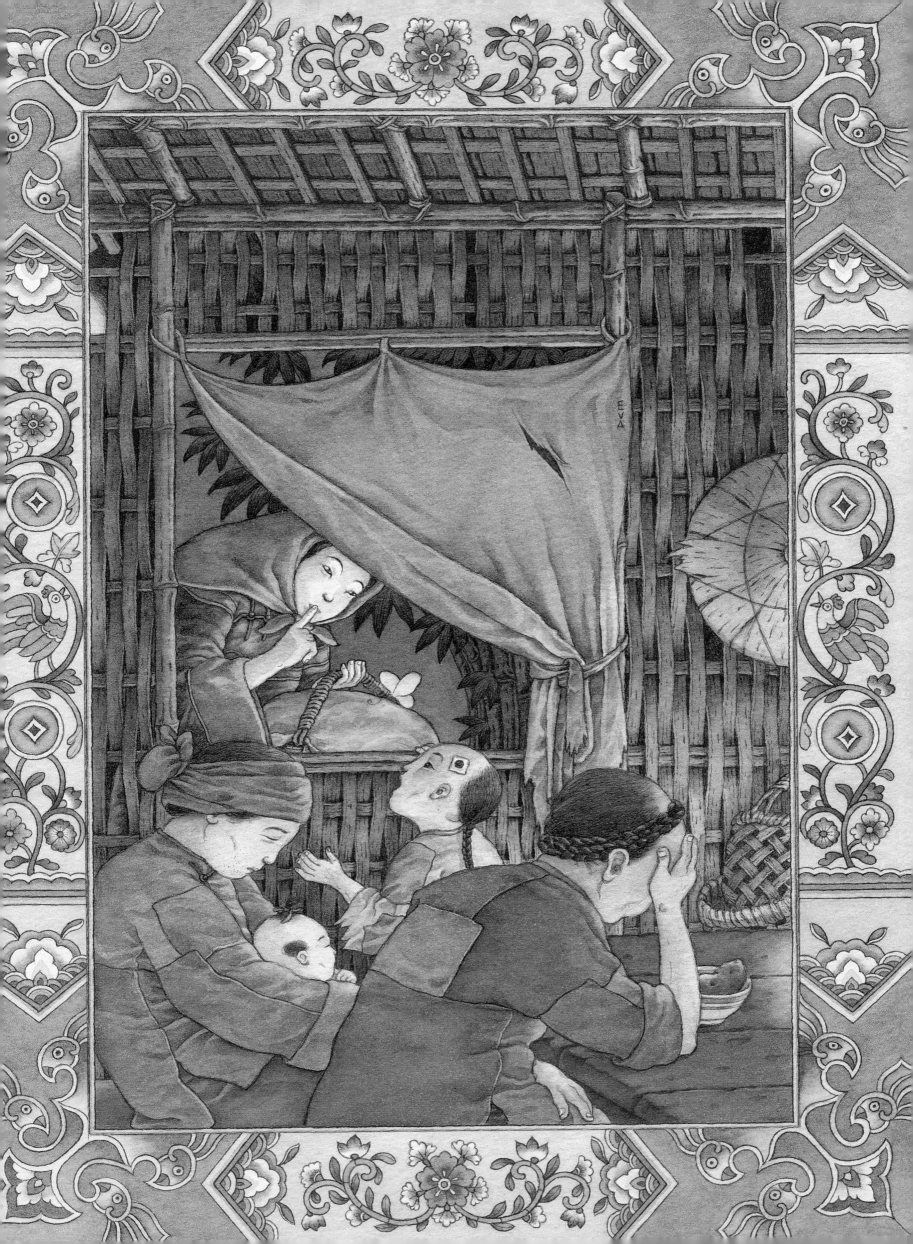

新的一年又來到，初二那天，
李田螺挑著一籮筐田螺、
幼美抱著李門環，一起回娘家。

穿著華麗的大美和二美夫妻，
一大早就到了，還帶來貴重的禮物，
劉員外看著幼美和李田螺，
幼美穿著粗衣布裙，一副寒酸樣，
難怪兩個姊姊都斜眼看她。
李田螺的褲子有補丁，
田螺有腥味，
活該兩個女婿瞧不起他。
劉員外一把抱起李門環，
誇他長得好，方頭大耳好福氣，
以後一定是有錢有地位的貴公子。

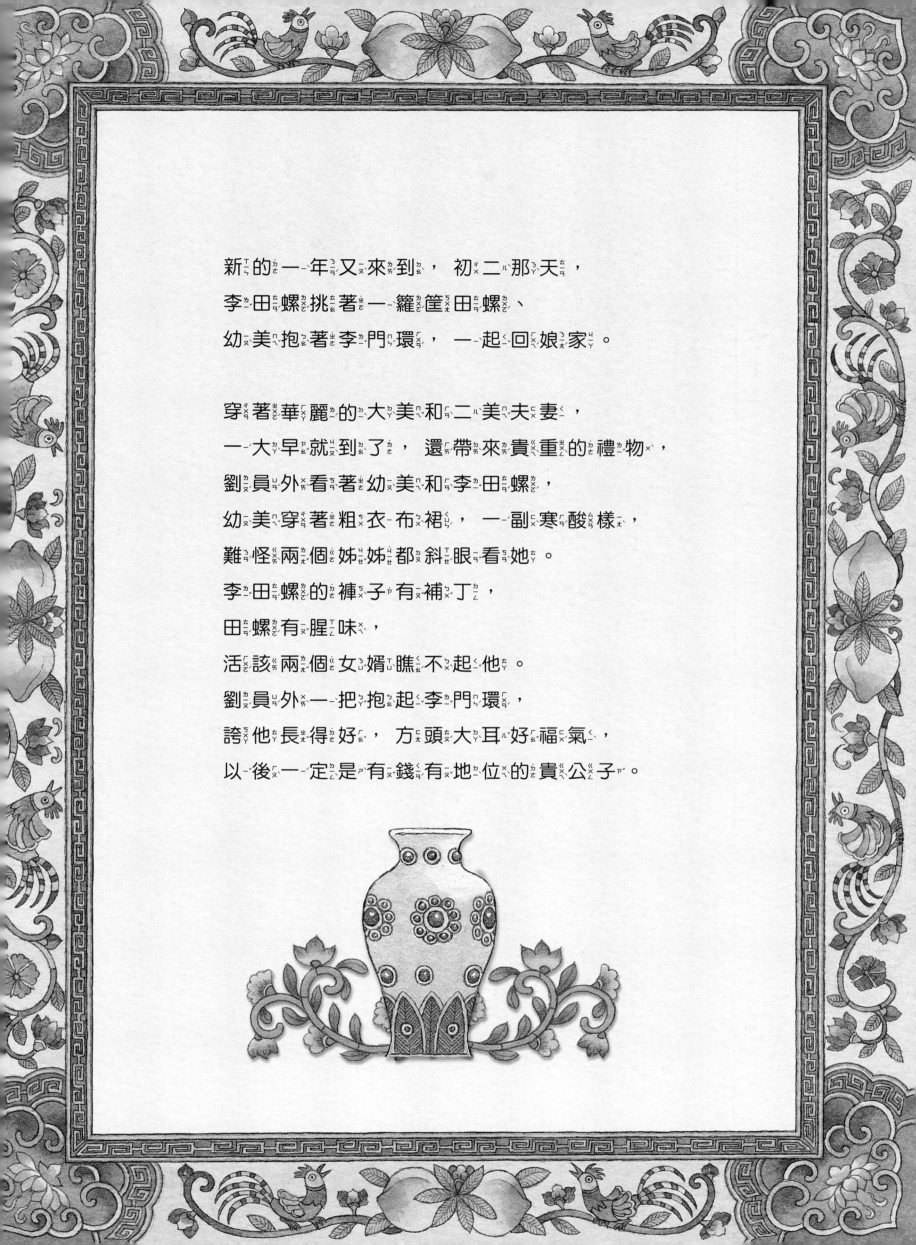

吃過團圓飯，一家人在客廳聊天，
兩位女婿急著誇耀自己的財富，
假裝抱怨田地太多，管理佃農太辛苦，
想把土地都賣掉，過過清閒的日子。
李田螺說：「你們不要土地，賣給我。」
兩位女婿在心裡偷笑，
寫好契約書，請劉員外當見證人，
半價把土地賣給李田螺。
李田螺在契約上蓋了手印，
把籮筐搬上桌，撥開上面的田螺，
露出底下的金元寶，大家都看傻了眼，
兩位女婿用半價把土地賣掉，
後悔又難過，抱頭痛哭。
李田螺把致富的經過說出來，
他有錢卻不驕傲，樸實又勤勞，
劉員外覺得很羞愧，
李田螺家財萬慣仍然勤奮努力，
是個腳踏實地的好女婿。
從此以後，李田螺、幼美和李門環，
一家人過著幸福快樂的日子。

作 者 王家珍 Lisa Wang

一九六二年出生於澎湖馬公，曾經當過編輯與老師，一直是童話作家。和妹妹家珠一個寫、一個畫，創作「珍珠童話」，合作默契佳，獲得不少肯定。

作品充滿高度想像力，文字細膩深刻，情節幽默風趣不落俗套，蘊含真誠善良的中心思想，大人、小孩都適讀。

★《孩子王‧老虎》，王家珠繪製，榮獲開卷年度最佳童書、宋慶齡兒童文學獎。

★《鼠牛虎兔》，王家珠繪製，榮獲聯合報讀書人版年度最佳童書與金鼎獎最佳圖畫書。

★《龍蛇馬羊》，王家珠繪製，榮獲好書大家讀年度最佳少年兒童讀物獎。

★《虎姑婆》，王家珠繪製，入選波隆那國際兒童書插畫展、香港第一屆中華區插畫獎最佳出版插畫冠軍、「金蝶獎」繪本類整體美術與裝幀設計金獎。

★ 作品多次入選好書大家讀最佳少年兒童讀物獎和行政院文建會好書推薦。

★《說學逗唱認識 24 節氣》榮獲 2019 年好書大家讀年度少年兒童讀物獎。

繪者 王家珠 Eva C. Wang

一九六四年出生於澎湖馬公,是國內童書插畫家代表性人物。從一九九一年開始,王家珠的插畫在國際間大放異采,成為國際級的插畫家。

王家珠的作品以「細膩豐富」見長,手法穩健細膩,構圖布局新穎,取景角度變化無窮,畫面豐富具巧思。作畫態度一絲不苟,作品展現驚人的想像力,洋溢自然的童趣,帶領讀者飛往想像的世界,流連忘返。

★《懶人變猴子》榮獲第一屆亞洲兒童書插畫雙年展首獎
★《七兄弟》入選義大利波隆那國際兒童書插畫展
★《巨人和春天》入選捷克布拉迪斯國際插畫雙年展、西班牙加泰隆尼亞國際插畫雙年展、新聞局金鼎獎優良圖書推薦
★《新天堂樂園》入選義大利波隆那國際兒童書插畫展
★《星星王子》入選義大利波隆那國際兒童書插畫展、金鼎獎兒童及少年優良圖書推薦。